KB180874

한국 희곡 명작선 01

나의 아버지의 죽음

한국 희곡 명작선 01

나의 아버지의 죽음

윤대성

평민사

윤대성

나의 아버지의 죽음

등장인물

남자 (70대 후반)
부인 (60대 후반)
상철 (아들 35세)
상미 (딸 29세)
의사
간호사
상덕 (20대)

무대

호스피스 병동의 한 병실과 그 부속실 (자바라 형식의 칸막이로 나누어져 있다)
부속실에는 장의자 한 개, 밖으로 나가는 문. 병실은 부속실을 통해 들어가게 되어있다.
병실 환자 침대 옆에는 의자 하나, 머리 쪽 탁자 위에는 물그릇, 빈 꽃병.
커튼으로 가려진 창이 병실 침대 옆벽을 가리고 있다. 커튼을 젖히면 베란다로 나가는 문.

1장

부속실 출입문이 열리며 의사 큰 핸드백을 멘 부인을 안내해 들어온다. 의사 옷장을 열어 보인다.

의사   갈아입을 옷은 여기 걸어두시면 됩니다. 간호에 필요한 물품은 대강 여기 밑에 있고 이따 간호사가 안내해 줄 겁니다.

부인   환자는?

의사   저 안에 있습니다. 먼저 우리 호스피스 병동에 오신 걸 환영합니다. 대강 무슨 일을 하시는지는 알고 계시죠?

부인   네 교육을 받았습니다. 실습도 했구요. 제가 볼 환자는 여자인가요?

의사   아니 남자 노인입니다. 폐암 말기 환자로 요양병원에 계시다가 며칠 전에 오셨어요. 식사를 일체 거부하셔서 더 이상 모시기가 어렵다고 여기로 보냈어요. 가끔 의식이 돌아오시면 말씀도 하시고 의사 표시는 하지만 거의 누구하고나 말을 하려 하지 않습니다. 부인이 하실 일은 별로 없을 것 같습니다. 숨을 거둘 때까지 편히 가시게 옆에서 말동무나 하시면 됩니다. 듣기는 하시니까요.

부인   성경을 읽어 드려도 될까요?

의사   본인이 거부하시지만 않는다면…

부인   가족은?

의사   없어요. 미국에 있는 여동생이 요양원에 보냈는데 자꾸 한국에 가겠다고 해서 모셔 왔다고… 비용은 은행에 신탁으로 맡겼답니다.

부인   그럼 아이들이나 부인은?

의사   아무도 없답니다. 미국 동생 집에 있었나 봐요. 자세한 가족 사항은 모르겠습니다. 한 가지, 저 환자는 알고 보니 내 고등학교 동창입니다.

부인, 백을 옷장 밑 칸에 넣고 겉옷을 벗어 걸어두고 의사를 따라 병실로 들어간다.

조촐한 1인 병실. 팔에 링거를 꽂은 채 등지고 누워 뒷머리만 보인다.

환자를 보다가 잠시 멈칫하는 부인.

의사   항암제에 수면제를 섞어 지금 잠들어 있습니다. 조금 있다가 간호사가 필요한 건 알려줄 겁니다. 왜 그러십니까?

부인, 발치 쪽으로 가서 환자 명패를 본다.

부인, 병실을 나간다. 부속실로 의사 따라 나온다.

의사 혹시 아는 분인가요?

부인 전 남편이에요. 오래전에 이혼한…

의사 아… 기막힌 우연이군요. 이것도 하나님의 섭리 아닐까요? 싫으시면 다른 환자를 봐주셔도 됩니다.

부인 좀 생각해 볼게요.

의사 그러세요. 죽음의 문턱에서 위로 받기를 원하는 환자가 많습니다.

문 열리며 간호사가 기저귀와 수건, 물 등이 담긴 수레를 밀고 들어온다.

간호사 (부인에게) 안녕하세요? 만나 보셨어요? 화를 잘 내는 고약한 노인이세요. 애처럼 살살 다루어야지 조금만 거슬리면 소리를 지르세요. 어디서 그런 기운이 생기는지.

의사 환자 흉은 그만 보고 할 일이나 해요.

간호사 네 선생님. 자매님이 힘드실까봐 미리 경고를 해 주는 거예요. 기저귀 갈 시간이에요. 옷도 갈아 입혀야 하고…

간호사 커튼을 밀고 병실로 들어가려 하자 부인이 잡는다.

부인　　내가 할게요.

　　　　부인, 수레를 밀고 들어간다. 간호사가 의사를 본다.

의사　　이혼한 전 남편이래.

간호사　어머나…

의사　　들어가서 필요한 사항 가르쳐 줘요.

　　　　간호사, 병실로 들어간다. 부인은 수레에서 고무장갑을 끼고
　　　　이불 한쪽을 들쳐 젖었는지 만져본다. 익숙한 솜씨로 젖은 기
　　　　저귀를 빼낸다.

부인　　실습을 해봐서 어떻게 하는지 알아요.

간호사　남편이라죠?

부인　　전 남편.

간호사　자매님이 왜 이혼했는지 알 것 같애요. (실언) 죄송해요.
　　　　쓸데없는 소리를 해서. 늘 이놈의 입이 말썽이에요.

부인　　여긴 나 혼자 할 수 있으니까 볼일 보세요.

　　　　환자의 몸을 젖혀서 수건으로 엉덩이 부분을 닦아준다. 옷을
　　　　벗겨 다른 가운으로 갈아입힌다. 그 복잡한 움직임에 남자가
　　　　눈을 뜬다.

남자　당신 누구야? 내 간병인 어디 갔어?

부인　가만있어요. 다리 잠깐만 들고…

남자　지금 뭐하는 거야? 아퍼…

새 기저귀를 갈아준다.

남자　나가! 나가버려! 간호원!

간호사　저 여기 있어요. 부인이 잘 하고 계시니까 하라는 대로
　　　　하세요.

부인　나가요. 내가 할게…

간호사 링거 주사액이 떨어지는 걸 검사하고.

간호사　필요하면 여기 이 벨을 누르세요.

부인　이 환자가 제일 아파하는 데가 어디에요?

간호사　(환자의 가슴 한 부분을 가리키며) 여기 수술한 데예요.

부인　고마워요. 가서 일 보세요. 여긴 저한테 맡기고…

간호사 나간다.

부인　내가 누군지 알아보기나 해요? 20년 됐나?

남자　당신 필요 없으니까 나가!

부인, 남자 수술 부위를 만진다.

부인 수술한 데가 여기야? 많이도 쨌네. 사람이 이러구도 살아남는다니… 신기해

남자 아… 아퍼… 거기…

부인 아프지? 왜 그 주먹으로 한번 나를 때려 보시지? (또 한 번 만진다)

남자 아얏…

부인 남 아픈 건 생각도 안 나지? (옷도 벗겨 빨래통에 넣고) 당신 술 마시고 집에 와서 나나 애들 때린 생각 안 나? 이게 다 벌이야. 하나님이 내리신.

남자 그래서 지금 복수하러 왔나?

부인 다 죽어가는 사람 복수하면 뭘 해? 어차피 죽을 걸… 의사 말이 이번 주를 못 넘긴대.

남자 빨리 죽었으면 좋겠어.

부인 (링거 등이 꽂혀 있는 주사기들을 만지며) 이거 뽑아버리면 죽을 텐데… 뽑아줘?

남자 잠깐만.

부인 죽긴 싫은가 보네…

남자 나 여기 있는지 어떻게 알고?

부인 나 호스피스 봉사자야… 하필 배당 받은 환자가 당신이었어.

남자   아…

부인   죄 많은 인간을 회개시켜서 천국으로 인도 하는 게 내 임무야.

환자복을 다 갈아입혔다. 헌옷 등은 바께쓰에 넣고.

부인   이제부턴 내가 시키는 대로 얌전히 굴어야 돼. 소리 지르거나 악을 쓰면 알지?

빨랫감 등이 든 수레를 밀고 나간다.

남자   난 이제 진짜 죽었구나.

2장

시간이 흘렀다. 부인, 편한 옷으로 갈아입고 병상 옆 의자에 앉아 성경을 읽는다. 남자는 고개를 돌리고 못 들은 채 누워 있다.

부인 거룩하신 아버지, 전능하시고 영원하신 주 하느님, 그리스도께서 복된 부활의 희망을 주셨기에 죽을 운명을 슬퍼하면서도 다가오는 영생의 약속으로 위로를 받나이다.

남자 (고개를 돌리며 버럭 소리 지른다) 시끄럽다. 고만해라.

부인 주님, 믿는 이들에게는 죽음이 죽음이 아니요. 새로운 삶으로 옮아감이오니.

남자 그딴 헛소리 고만하라고 안했나?

부인 당신이란 사람 죽기 전에 바른 곳으로 안내하려고 그래요. 사람 좀 되라고…

남자 그럼 난 귀신이가?

부인 귀신보다 못한 버러지야… 인간 쓰레기…

부속실 문이 열리며 큰 종이백을 든 상미 들어오다가 멈칫

한다.

부인, 가방을 받아들며 딸을 부속실로 데리고 간다. 커튼을
닫고.

상미   저 사람 누군데?

부인   내가 간병을 맡은 사람…

상미, 병실로 들어간다. 엄마, 따라 들어가며.

부인   상미야!

상미   저 사람 누구야? 설마 엄마 미쳤어?

부인   내 말 들어봐.

상미   저 사람 사람도 아닌 악마야. 엄마가 호스피스 한다고
병원에 봉사할 때 난 반대 안했어. 오히려 엄마가 자랑
스러웠지. 그런데 이런 걸 사오라고 시킬 때 좀 이상했
어. 병원에 비품이 다 있을 텐데… 잠옷까지 사오라고
할 때 알아챘어야 하는데…

부인   여기 비품은 너무 빨아서 너덜너덜해. 환자 옷도…

상미   저 사람이 엄마한테 어떻게 했는지 기억 안 나?

부인   왜 기억이 안 나겠니? 그렇지만… 이제 다 죽어 가는
사람… 혼자 내버려 두기가.

상미   혼자 죽게 내버려둬야 해. 그 죄를 다 받아야지… 하루

라도 엄마 몸에 멍이 안 든 적 있어? 우리는 어쩌구? 아빠는 우리에게 공포의 대상이었어.

부인 그렇지만 너를 굉장히 귀여워했잖아? 네 오빠도…

상미 그건 우리가 어릴 때 얘기지…

부인 너희들한테 안 해준 게 없어. 그런데 언제부터…

상미 엄마 맞은 거 생각 안 나? 내가 지금도 후회 하는 건 어느 날 학교에서 막 돌아와 방문을 여는데 아빠가 엄마 목을 조르고 있는 걸 봤어. 아빠의 등 너머로 엄마의 눈과 내 눈이 마주쳤지. 엄마는 소리도 못 지르고 날 쳐다 봤어. 애원하듯이 아빠는 욕설을 하고 있었어. 난 아무 것도 할 수 없었어. 그냥 도망쳐 나가버렸지. 내가 후회 하는 건 그때 마당에 있는 벽돌을 들고 들어가 아빠의 넓은 등짝에다 던지지 못한 거야…

부인 상미야, 그때 엄마가 큰 잘못을 했었어.

상미 항상 엄마가 빌었지 그렇게 매 맞으면서도 잘못했어요. 잘못했다고 빌었어.

부인 그땐 내가 정말 잘못했어.

상미 엄마 목을 졸라 죽일 만큼?

부인 내 말 들어봐. 너도 이젠 알아야 해. 그날 아침에 …

과거 어느 시절로 돌아간다.

부인, 앞치마를 두르고 머리에 수건을 쓴 모습으로 빨랫감을 들고 나온다.

가상의 세탁기에 빨래를 하나씩 넣다가 흰 남편의 와이셔츠를 본다…

부인 이게 뭐지? 그건 빨간 립스틱 자국이었어.

와이셔츠를 펴서 이리저리 보다가 앞주머니에서 뭔가를 꺼낸다.

부인 명함… 프로라인 대표 이정희… 틀림없이 룸살롱 마담의 명함이야… 난 앞뒤 생각하지 않고 전화를 걸었어. (핸드폰으로 전화를 건다) 대표 좋아하네… 너 술집 경영하면서 남의 유부남 꼬시는 일 좀 그만해… 나 누구냐고? 강상무 부인이다. 또 한번 이러면 프로라인인지 파리똥인지 가서 박살을 내놓을 거야… 뭐? 화장품 회사라고?… 그날 낮에 남편이 뛰어 들어왔어.

남자, 양복 차림에 넥타이도 푼 채 들어온다.

부인 여보 웬일로 낮에…
남자 너 어디다 전화했어? 프로라인은 화장품 회사야. 그 사장이 우리한테 1억짜리 광고를 의뢰했어. 1억이야… 너

때문에 1억이 날라갔어. 이 미친년아.

부인   몰랐어요… 립스틱 자국이 있어…

남자   너 같이 무식한 년은 죽어야 돼. 나가 죽어!

양복을 벗어 던지고 덤비자 다른 방으로 피하는 부인 쫓아가
는 남자.
"잘못했어요" 하는 부인의 비명소리… "살려줘요" 소리들…
계속되고
부인, 현재 차림으로 나온다.

부인   그때 네가 들어온 거야. 그 광고는 큰 빌딩 꼭대기에 세
우는 TV광고였어. 그때 돈 1억이면 회사가 일년 직원
월급 주고도 남을 돈이었대. 그걸 내가 망쳐 놓은 거야.

상미   그렇다고…

부인   죽이진 않았어. 이렇게 살아 있잖니? 나같이 속 좁은
여자들은 맞을 짓을 일부러 한다. 남편 화를 돋우고
약을 올려서… 남편한테 맞아야 속이 풀리는 여자들
도 있어.

상미   난 이해 못해. 맞구 살다니…

부인   무시당하고 버림받고 살기 싫어서 싸움을 거는 거야.
너도 결혼해 보면 이해할 거야.

상미   죽어도 나는 그렇게 살지 않아. 아니 결혼 같은 거 안 해.

부인	결혼 안 하다니? 너 지금 스물아홉이야… 서른만 넘으면 세월이 쏜살같이 지나간다. 그래서 서른을 훨씬 넘긴 처녀들이 많은 거야…
상미	이 나라엔 결혼할 만한 남자가 없어. 20대들은 너무 어려 저 잘난 줄만 알지 내가 보기엔 다 모자란 남자들이야. 직장도 여기저기 옮겨 다니던가… 여자한테 매달려 살려는 남자들뿐이야.
부인	서른 넘은 남자들을 찾아…
상미	쓸 만한 남자들은 다 결혼했어. 애인이 있던가… 이혼 당해 혼자 살던가… 모든 남자들이 세상이 자기 것인 줄 착각하고 있어. 세상 모퉁이 한 자락을 겨우 잡고 매달려 있는 줄도 모르고.
부인	나는… 그래도…
상미	엄마 저런 남자를 만나서 행복했어? 두들겨 맞기만 했지… 나를 어떻게 때린 줄 알아 옆집에 들릴까 봐 날 목욕탕에 가두고 죽도록 팬 사람이야. 내가 기절할 때까지… 온몸의 멍 때문에 일주일 학교에 못 갔어. 그때 담임선생이 찾아 왔을 때 날 보고 놀랐지… 엄마는 내가 옥상에서 놀다가 계단에서 굴러 떨어졌다고 거짓말해서 의아해하는 선생님을 보냈어.
부인	어떻게 말하니? 네가 옥상에서 담배를 피우다가 아빠한테 걸려서 맞았다고… 초등학교 6학년 딸이 한밤중

에 옥상에서 담배를 피우고 있는 걸 본 어느 아버지가 가만 두니.

상미　엄마가 일렀구나…

부인　내가 왜? 아빠가 퇴근하다가 우리 집 옥상에서 담배연기가 솔솔 올라오는 걸 봤대. 불나는 줄 알고 뛰어 올라갔다가 담배 물고 있는 널 본 거야.

상미　내가 왜 담배를 피웠는데?

부인　애들이 담배 피우는데 이유가 있니?

상미　더 이상 말하고 싶지 않아. 나 간다. 엄마 알아서 해! (나가 버린다)

부인, 남자에게 간다. 이불을 들치고 등에서부터 온몸을 씻긴다.

부인　(혼잣말 한다) 애를 그렇게 때렸으니 아빠에 대한 정이 떨어졌지… 그 일 때문에 결국 우리 이혼한 거 아니야? 애가 아무리 잘못했다고 해도 그렇지 당신은 그 분을 못 참아서… 상철이는 또 얼마나 때렸어.

남편 윽 하고 신음을 지른다.

부인　깨어났어? 좀 시원하지?… 내가 미쳤지… 하나님과의 약속 때문에 이렇게 봉사하는 거야… (이불을 다 덮어주고 기도한다) 하나님 아버지 인간의 모든 죄를 사하여 주시고 그 십자가를 대신 지신 주님… 이 불쌍한 영혼을 구해 주소서.

3 장

의사, 남자를 검진하고 있다. 차트를 보고 가슴을 열어 상처를 만져보고…

의사 어디 아픈 데는 없나? (남자 고개 젓는다) 숨쉬기는 어때?

남자 겨우… 사람이 이렇게 비참하게 죽어야 하나? 이렇게 아직도 살아 있는 게 창피해. 다른 사람한테 미안하고. 짐만 되는 것 같고…

의사 부인이 잘 해줄 텐데. 다른 사람보다…

남자 기저귀를 갈아줄 때마다… 비참하게 느껴지고… 미안하고 부끄럽고… 죽고 싶어.

의사 네가 어떻게 느끼는지 잘 알아. 넌 끔찍한 병을 앓았고 수술도 받았어. 그런 모든 치료들이 결국은 시간만 연장했을 뿐 죽어가는 건 마찬가지라는데 실망하게 되지. 그러나 너도 한 사람의 인간일 뿐이야. 어린애 같은 인간… 애들 때는 다 기저귀도 갈아주고 똥도 누이고 그래도 아무렇지도 않잖아. 너도 이젠 어린 아기로 돌아갔다고 생각해. 그럼 비참한 느낌 없어져. 간병하는 사람들도 그렇게 생각하니까… 부담이 되지 않아. 당연한 일을 하니까… 아무도 찡그리며 일하는 사람 없어. 이 병원에서는… 부인도 열심히 사명감을 갖고 일하고 있잖아? 불평 없이.

남자 왜 하필…

의사 그걸 운명이라고 하는 거야… 아무리 벗어나려고 해도 벗어날 수 없는 일이 인생에는 있는 거야… 부인이 너의 마지막을 지키게 된 걸 감사해야 돼. 잘못한 일이 있으면 용서를 빌고… 아마 하나님이 그런 기회를 줄려고 부인을 보냈을 지도 몰라.

남자 내가 잘못한 일… 너무 많아.

의사 인간이 과거를 회상하면 후회할 일 천지야… 그래서 종교가 필요한 거야… 그 고통을 좀 덜어 주려구… 종교가 못 하는 건 병이 맞지… 치매라는 병… 과거를 말짱 잊어 버리게 하거든…

남자 차라리 치매에 걸렸으면…

의사 누굴 고생 시키려구?

남자 저 주사약은 뭔가?

의사 (걸린 주사기를 보며) 디고신이라고 고통을 경감해주는 약이야. 생명을 연장해주는 치료약 같은 건 아니야. 잠이 들면서 조금은 편하게 해주려는.

남자 난 어제부터 먹기를 중단했어.

의사	좋은 선택은 아닌데.
남자	더 이상 먹을 이유가 없어. 튜브 같은 걸로 강제로 먹일 생각은 말어.
의사	여기 입소할 때 미리 약정을 했으니 생명 연장 조치 같은 건 안 할 거야.
남자	고맙네… 자네가 있어줘서. (눈을 감는다)
의사	이봐… 눈떠 봐…

대답 없다. 손목의 맥을 잡아본다. 부인 들어온다.

부인	설마…
의사	일시적인 혼수상태에 빠진 겁니다.
부인	깨어나지 못하면?
의사	깨어날 거예요. 며칠 이런 상태가 반복될 겁니다. 그러다가 호흡기능이 상실 되면 그때.
부인	어제부터 아무것도 먹지 않아요. 입술에 묻혀주면 물만 조금씩 넘기는데… 그것도 힘들어해요.
의사	얼마나 이런 상태가 계속될지는 모르지만 한 가지 확실한 것은 환자는 아무 고통을 느끼지 않는다는 겁니다. 이렇게 잠들 듯이 편하게 가실 수도 있습니다. 그걸 복이라고 생각하세요. 고통 속에 비명을 지르며 아무한테나 욕을 하면서 죽어가는 사람도 있습니다.

부인　제가 원하는 건 이 사람이 회개하고 하나님 품으로 돌아가게 하는 거예요.

의사　노력해 보세요. 부인의 정성이 해답을 줄지도 모릅니다. 그럼 수고하세요.

　　　의사, 부속실로 나간다. 부인, 따라 나간다.

　　　상철이 와있다. 회사원 차림의 30대 청년, 의사에게 목례한다.

부인　아들이에요.

의사　아 그렇군요. 가족이 다 와서 다행입니다. 마지막 운명하는 순간에 주변에 아무도 없다는 것처럼 비참한 건 없어요. 우리 병원 식구들이 같이 있지만.

　　　의사 끄덕이고 나간다.

부인　어떻게 알고 왔니?

상철　상미가 알려 줬어.

　　　상철, 병실로 들어간다. 남자는 잠든 채…

부인　(따라 들어간다) 혼수상태래…

상철　그동안 어디 있었대요?

25

부인	미국에 있는 동생한테…
상철	뉴욕에 있는 작은 고모?
부인	그런가봐… 미국 요양소에도 있었대. 그러다가…
상철	다 죽게 되니까 고향으로 쫓아 보냈군…
부인	부인도 없는 걸 보니까…
상철	이혼 당해 동생한테 얹혀살았을 거야… 뻔해… 이런 작자를 누가 데리고 살겠어… 병은?
부인	폐암 말기… 얼마 남지 않았대.
상철	진작 죽었어야 할 놈이야… 악마 같은 자식!
부인	얘, 그래도… 네…
상철	아버지라고? 나한텐 아버지 같은 거 없어. 저 사람한테 맞은 걸 생각하면 커서 복수하려고 그랬는데…
부인	네가 잘못 했으니까…
상철	내가 아무리 잘못해도 학교 야구 코치도 그렇게 안 때려. 저자는 야구방망이로 내 온몸을 죽도록 팼어. 내 팔이 부러질 만큼… 내가 기어서 도망치지 않았으면 날 죽였을 거야. 저자는 그런 악당이야…
부인	네가 상덕이를 팼잖아… 이빨이 다 나갈 정도로… 네 사촌형이고 형제라고 하나뿐인… 아무리 싸웠다고 해도 너무하지 않니?
상철	그 자식은 개자식이야…
부인	무슨 일로 왜 싸웠는지 아버지가 그렇게 물어도 넌 입

꼭 다물고 대답을 안했어. 그러니까 아버지가 더 화가 나셨지? 집안 큰형님의 아들이야… 이 집안의 장손이야. 그런데…

상철   왜 내가 그 형을 팼는지 알아?

상철, 아버지를 돌아보다가 창문이 보이는 곳으로 가서 베란다 문을 열고 밖으로 나간다. 부인, 남편의 침대로 가서 상태를 살펴본다. 잠들어있다.

어느 과거의 한 순간
부속실이 딸의 방으로 변한다. 상미, 바닥 책상에 앉아 숙제를 하는지 책을 뒤지며 뭔가를 노트에 쓰고 있다. 밖에서 벨소리.
상미, 문을 열어준다. 잠바 차림의 상덕, 야구 글러브에 공을 던지며 등장.

상미   오빠? 학교 안 갔어?

상덕   오늘 토요일이야. 넌 왜 학교 안 갔어?

상미   맞어… 토요일이거든.

상덕   상철이는?

상미   연습 갔는데…

상덕   자식 나하고 같이 가기로 했는데… 너 뭐하고 있니?

상미	숙제…
상덕	내가 도와줄까?

가까이 앉아 보며 상미를 본다.

상덕	너 이뻐졌다. (치마 밑에 손을 넣는다)
상미	오빠 뭐해?
상덕	가만있어. 재미있게 해줄게

더 심해지자 상미 일어나 안방으로 도망간다.
상덕 따라 들어간다. "안 돼! 이럼 안 돼!" 아… 비명 등 소리
잠시 후 상덕, 바지를 여미며 도망치듯 나가 버린다.
상미의 울음소리… 기어 나오다시피 치마를 부둥켜안고 화장
실로 들어간다.
물소리… 변기 내리는 소리.
상철이 들어온다. 현관에 야구 장갑과 공을 발견한다.

상철	상덕이 왔었니? (화장실 문을 연다) 너… 이게 뭐야? 누가 그랬어? (장갑을 집어보며) 이 개자식 죽여 버리겠어.
상미	(화장실에서 목소리만) 오빠 그러지 마!

무대 한구석 상덕이 코피가 난 얼굴을 손수건으로 가리고

등장.

상철이 따라 들어온다. 상덕, 상철이 앞에 무릎을 꿇는다.

상덕 (머리를 두 손으로 감아 안고) 마음대로 날 때려. 난 맞아
도 싸.

상철 일어나 정정당당하게 맞아.

상덕 입이 열 개라도 난 할 말 없어. 내가 죽을죄를 졌으니
까… 내가 그때 왜 그랬는지 내가 미쳤나봐… 네가 원
한다면 내가 상미하고 결혼할게.

상철 사촌끼리 결혼하는 거 봤니?

상덕 그런가? 날 얼마든지 벌해도 좋아… 우리 아버지한테
만은 말하지 마.

상철 말 안 해 이 새끼야… 일어나.

상덕 상미가 이르면…

상철 상미 말 안 해. 나한테도 말 안했어. 네 야구 장갑이 있
으니까 알았지.

상덕 나 같은 나쁜 새끼는 죽어야 돼.

상철 죽이지 않을 테니 일어나… 내 형이지만 패줘야겠어.
이대로 넘어갈 수 없어

상철, 상덕의 목을 잡아 일으키고 끌고 간다.

상덕   얼굴만 때리지 마… 벌써 이빨이 다 흔들린다.

끌려 나가는 상덕… 상철, "윽…개자식!" "아!" 소리들…

와이셔츠 차림의 남자가 야구 방망이를 들고 상철이를 끌고
들어온다.

남자   상덕이하고 왜 싸웠어?

상철   다투다가…

남자   다투다가? 임마, 이빨을 다 부러뜨릴 정도로 때리냐?
네 큰 형이야. 네 큰아버지의 장남이야? 형제간에 싸울
수는 있어? 그러나 어느 정도지… 그렇게 사람을 패냐?
이 미친놈아… 이유가 뭐야?

상철   그냥 힘자랑을 하다가…

남자   뭐 힘자랑? 너희들이 격투기 선수냐? 바른대로 대. 이
새끼야… 왜 싸웠어. 이유가 뭐야? 여자 때문이야?

상철   아닙니다.

남자   너 안 되겠다. 이리 나와 엎드려뻗쳐. 아니면 그냥 박살
을 낼 거야.

아버지, 방망이를 휘두른다. 상철 쫓기듯 나간다.

아버지 엎드려 이 새끼야.

방망이 내려치는 소리… 엄마 목소리가 들린다.

부인 여보 그만 해요, 그러다 죽겠어요.

아버지 당신은 비켜. 이 손 놔. 당신이 맞고 싶어?

부인 상철아 도망 가. 어서

아버지 이거 놓지 못해…

부인 아… (하는 비명) 어서 가!

모차르트의 마술피리 2막 KV620. 장모의 잔소리 '지옥의 복
수가 내 마음속에 불타오르고'(아마데우스) 소프라노 아리아
가 약 2분간 무대를 채운다.
그 사이 무대는 현재로 돌아온다.
부인, 병실에 혼자 남자를 돌보고 있다. 남자는 잠들어 있다.
숨소리만…
상미 들어온다.

부인 왔니?

상미 오빠 왔다 갔어?

부인 음 네 얘기 들었다.

상미 무슨 얘기?

부인 상덕이 애기…

상미 그럼 내가 그때 왜 담배를 피웠는지 알겠지?

부인 뭐? 그게 핑계가 되니?

상미 엄마가 그때 담배를 피우는 아빠를 볼 때마다 담배 그렇게 피우다간 죽어요. 그랬잖아. 그래서 난 담배를 피우면 죽는구나 생각하고 몰래 아빠 담배를 매일 한 개비씩 훔쳐 피운 거야… 난 정말 그때 죽고 싶었어… 남자들이 싫어서,

엄마 말없이 딸을 보다가 안아준다.

부인 내가 너무 몰랐어. 미안하다.

상미 그때 엄마는 내가 화장실에서 피 자국을 닦는 걸 보고 "너 일찍 시작하는구나" 그러면서 생리대를 사줬어.

부인 엄마가 바보다.

상미 우리 다 바보였어. 오빠도 사실대로 얘기했으면 아빠한테 그렇게 맞지 않았을 텐데.

부인 네 오빠 고집 알잖아?

상미 나를 위해서 말 안 한 거야. 아빠한테 고마워해야 할 일은 그 후에 엄마하고 이혼해 준 거야. 그것도 이모하고 이모부가 나서서 아빠를 아동학대죄로 형사 고발하겠다고 아빠 회사에 찾아가서 사회에서 매장 시키겠다

고… 협박을 했나봐. 오빠한테 들었어. 아빠가 이혼하고 집을 나가 버리자 그때부터 우리 집에 평화가 찾아온 거야…

둘이 부둥켜안고 운다.
남자, '어' 신음 지른다.

부인　이제 깼나보다. 물 줘야 돼…

부인, 물 준비하는 동안 상미 눈물 훔치며 아빠를 돌아보다가 나가 버린다.

상미　나 간다. 엄마가 알아서 해.

부인, 남자한테 물그릇을 가지고 간다.

부인　자… 물 좀 마셔 입 벌려.

숟가락에 물을 담아 남자의 입에 대준다.

남자　상… 미?
부인　우리 하는 얘기 들었어?

남자　(고개 흔들며) 상미… 목소리…

부인, 이불을 들쳐 수건으로 남편의 몸을 닦아주며.

부인　이렇게 죽을 걸 왜 그렇게 아웅다웅 싸우며 힘들게 살았지? 나도 성질이 못됐지만 당신은 좀 심했어. 그 욱하는 성미… 술이 우리 가정을 망쳤지. 처음 상철이, 상미 여섯 살 두 살, 그럴 때 얼마나 당신이 애들한테 잘했는데… 그런 아빠도 없다고 이웃이 부러워했어… 그런데 언제부터지? 우리가 싸우기 시작한 게? 그냥 은행에 가만있지… 증권회사가 더 대우가 좋다고 친구들하고 증권회사로 옮겨 갔을 때부터였어… 아이엠에프인가 뭔가 때문에 증권회사가 망해 버렸지… 그때부터야 당신이 입에 술을 달고 살기 시작한 게. 집에 와서 주먹질을 시작한 게… 돈 얘기만 하면 당신은…

남자　아… 그만…

부인　듣기 싫지? 당신이 앞으로 남은 건 회개하고 하느님 앞으로 가는 것뿐이야. 하느님이 당신을 용서해 주실지 모르지만…

남자　상… 미…

부인　상미한테 용서 받고 싶어? 그럼 먼저 하나님에게 죄 사함을 받아야 돼.

34

성경을 찾아 읽는다.

부인　　주여 내 음성과 간구에 귀를 기울이시고 나를 가르치어 주의 땅으로 인도하소서. 주는 나의 하나님이시니 주의 이름으로 나를 살리시고 주의 의로 내 영혼을 구해주소서. 주를 향하여 손을 펴고 내 영혼이 마른 땅같이 주를 찾나이다. 나를 내치지 마시고 나를 주의 땅으로 인도해 주소서. 주여 내 소리를 들으시어 나의 간구하는 소리에 귀를 기울이소서.

남자 손을 뻗어 부인의 성경책을 뺏는다.

부인　　여보…

남자는 성경을 보다가 내려놓는다.
의사 들어온다.

의사　　좀 나가보세요. 우리 사무실에 전화가 와 있습니다.

부인　　전화요?

의사　　미국에서 온 전화예요. 장례절차 때문에 상의할 게 있답니다.

부인　　아직은…

의사   모릅니다. 여기 다른 가족이 없으니…

부인 급하게 나간다.

의사   (병상으로 가서) 좀 어떤가?

남자   아무 느낌이 없어… 아픈 데도 없고… 그런데 글자가 보이지 않아.

의사   이제 가까워졌다는 뜻이네..

남자   묻고 싶은 게 있는데…

의사   뭐?

남자 이불 밑에서 성경을 꺼낸다.

남자   아내가 자꾸 읽어 주는데… 처음에는 싫어 귀를 막았지. 그런데 뭔가 있는 거 같애.

의사   그래? 자네를 지옥에서 구해주려는 부인의 정성이 전해지는 건가?

남자   솔직하게 대답해 주게

의사   뭐든 물어봐… 언제 죽느냐만 말고. 그건 나도 몰라 신만이 아시지.

남자   자네 신이 있다고 믿나?

의사   내가 묻지. 자넨 악마가 있다고 믿어?

남자   (생각하다가) 있어! 악마가… 나도 그 중 하나야…

의사   그럼 천사 같은 사람은?

남자   있지… 많이 있어… 악마보다 더 많아…

의사   그렇지 그럼 그 악마와 천사를 누가 조정한다고 생각하나?

남자   하나님?

의사   그래… 그래서 신은 존재하지… 신이 있으니까 세상이 그래도 이렇게 굴러가는 거야… (베란다로 가서 문을 연다. 아이들의 웃음 소리)

의사   호스피스 병동 앞에 유치원이 있다는 거 이것도 신의 섭리 아닌가?

남자, 성경책을 들어본다. 의사, 베란다 문을 닫는다.
부인, 들어온다. 눈물을 닦으며…

남자   (성경을 들고 보며) 아무것도 안 보여…

부인   여보?

의사   준비하셔야 됩니다. 호흡기능만 조금 살아 있을 뿐 다른 기능은 다 멈췄습니다.

부인, 남편 손에서 성경을 받아든다.

부인   (환자의 귀에 가까이 가서) 마지막 본향이 준비되어 있습니다. (성경을 읽는다) 하나님과 그의 아들 구원자 예수님을 마음을 열고 받아들이면 거룩한 성도로 하나님의 백성으로 인정받습니다. 이 시간 하나님을 인정하고 예수님을 나의 구세주로 받아들이시겠습니까?

남자   −으⋯ (신음만)

부인   하나님께서 이 세상을 창조하시고 온 우주 만물이 하나님의 능력 안에서 돌아가고 있음을 믿습니까?

남자   (큰소리로) 네!

부인   (감격해서) 여보.

남자 고개를 떨구고 미동도 하지 않는다. 의사 호흡을 체크한다.

의사   이젠 영원히 가는 마지막 호흡을 내쉬고 있습니다.

상미와 상철이 급하게 들어온다.

부인   너희들은?

의사   제가 연락했어요. 아버지 마지막 가시는 길에 가족으로서 참석하라고⋯

상미와 상철, 아버지의 모습을 멍하니 보고만 있다.

부인　하나님의 사랑을 받아들였어. 아무리 미워도 네 아버지
　　　다. 나중에 가슴에 후회가 남지 않도록 다 용서하고 보
　　　내드리자.

의사　우리에게 맡긴 소지품 중에서 지갑 안에 이런 쪽지가
　　　있어요. 읽어보세요.

　　　의사 종이 한 장을 가운 주머니서 꺼내 부인에게 준다.
　　　부인 떨리는 손으로 종이를 받아 편다.

남자　(목소리로) 상철아 상미야, 이 애비를 용서해라. 나는 지
　　　난 수십 년간 너희를 한시도 잊은 적이 없다. 유리인형
　　　도 너무 아끼다 보면 깨트릴 수도 있다는 걸 몰랐구
　　　나… 나를 용서해다오… 그리고 여보 미안하오. 사랑하
　　　오. 모두.

상미　(남자에게 달려가며) 아빠! 내가 잘못했어요.

　　　상철이는 눈물을 삼긴 채 어쩔 줄 모르고 바라보고만 있다.

상미　오빠, 아빠 용서하고 보내드리자.

상철   (그제사 폭발하듯) 아버지! 보고 싶었어요. 내 야구 시합 때마다 와서 응원해주던 아버지의 모습… 내가 홈런을 치면 스탠드에서 혼자 펄쩍펄쩍 뛰며 좋아하던… 아버지!

상철, 달려가 아버지에게 엎드린다. 울면서…

부인   여보 이제 마음 편히 가세요. 아무 한도 남기지 말고 편히 가세요.

상철 상미가 흐느끼고 우는 엄마를 함께 끌어안는다.

의사   (남자의 목의 맥을 짚어 보며) 운명했습니다. 하느님 앞으로 갔습니다.

(관객을 향해) 이렇게 감동적인 임종을 보기도 힘든데… 거의 다들 싸움판을 만들거든요. 돈은 누가 가져가느냐? 넌 왜 이럴 때 나타나느냐? 이 친구는 한 푼도 없이 죽었으니 뒤탈이 없을 겁니다. 모르지요. 어디서 숨겨놓은 돈 몇 억이 튀어나오면 그때부터는 전 가족이 나타나서 가족극 2막을 연출할지… 기대해 봅시다. (출연자들을 향해) 다들 수고했습니다.

의사, 남자 환자를 침대에서 부축해 일으켜 세운다.

남자, 침대에서 내려오고 다른 가족들 아버지를 둘러싼 채 무대인사.

모차르트 음악(레퀴엠)이 흘러나오는데 막 내린다. (2018년 10월 30일)

한국 희곡 명작선 01

나의 아버지의 죽음

초판 1쇄 인쇄일   2019년 1월 16일
초판 1쇄 발행일   2019년 1월 25일

지 은 이   윤대성
만 든 이   이정옥
만 든 곳   평민사
          서울시 은평구 수색로 340 [202호]
          전화: (02) 375-8571(代)
          팩스: (02) 375-8573
          http://blog.naver.com/pyung1976
          이메일 pyung1976@naver.com
등록번호   제251-2015-000102호
 정 가   6,000원

· 잘못 만들어진 책은 바꾸어 드립니다.
· 이 책은 신저작권법에 의해 보호받는 저작물입니다.
  저자의 서면동의가 없이는 그 내용을 전체 또는 부분적으로
  어떤 수단 · 방법으로나 복제 및 전산 장치에 입력, 유포할 수 없습니다.

※ 이 책은 사단법인 한국극작가협회가 한국문화예술위
   2019년 제2회 극작엑스포 지원금을 받아 출간하였습니다.